नीला

नीला

तेजी ग्रोवर

वाणी प्रकाशन

वाणी प्रकाशन

4695, 21-ए, दरियागंज, नयी दिल्ली 110 002

शाखा

अशोक राजपथ, पटना 800 004

फ़ोन : +91 11 23273167 फ़ैक्स : +91 11 23275710

www.vaniprakashan.in
vaniprakashan@gmail.com
editorial@vaniprakashan.in
sales@vaniprakashan.in

NEELA
A novel by Teji Grover

ISBN : 978-81-7055-668-8
Novel

प्रथम संस्करण 1999
दूसरा संस्करण 2016

मूल्य : ₹ 200

आवरण आकल्पन : संदीप सिंह, हरजीत सिंह

रजौरिया प्रिंटर्स, दिल्ली-110 093 में मुद्रित

वाणी प्रकाशन का लोगो मक़बूल फ़िदा हुसेन की कूची से

अग्निएता प्लेयेल को उसके
उपन्यारा *Hundstjärnan* के लिए

Till Agneta Pleijel for
hennes roman *Hundstjärnan*

The fragrance of snow, like that of clean glass, is so imperceptible that only a written meditation on it can give any idea of its almost non-existent character.

— **Bo Carpelan**

ढाई आखरः
नीला की दूसरी आमद पे एक नाजायज़ दीबाचा

यह किताब जिसकी दूसरी जिल्द आपके सामने है, वह खुद मेरे लिए पूनो के उस नीले चाँद की मानिन्द है कमोबेश जो सालों बाद किसी एक माह में दो बार देखने को मिल जाया करता है। मैंने खुद ही इस किताब को इस रोशनी में इस गर्ज़ से देखा है कि यह हक़ीक़ी है भी याकि आँख खुलने पर मुझे एक बार फिर ख़्वाब ही की झिलमिल में लपेट ले जाएगी। और तब बार-बार छुई जाने पर भी, आख़िरकार, मेरे लिए यह किताब *नीला* ही निकल आयी जिसे मित्र मदन सोनी ने खुद मुझी को पढ़ने की सलाह इसलिए दी थी ताकि मैं अपने पैशन का औंधा रूप देख सकूँ, और लोगों के इसे पढ़ने का सबब कुछ भी हो। मुझे नहीं मालूम *नीला* के पहले संस्करण ने अपने पढ़ने वाले कहाँ और कैसे खोज लिये होंगे, लेकिन इत्तिफ़ाक़ यह रहा कि इनमें से कुछ पाठक वे लोग भी थे जो अपने-अपने *नीला* को ख़ुद ही लिखने बैठ गये... अपना *नीला* लिखने को हुए जाते सुनीति ने तो इसे करवट लेकर काग़ज़ की

एक मूर्ति ही में ढाल लिया जिसे उन्होंने फिर "भूरी पृथ्वी पर नीले आँसू" का नाम दे दिया। एक कृति से दूसरी कृति का यूँ निर्मल झरने की तरह फूट कर निकल आना मेरे लिए ताज्जुब का विषय तो क़तई न था...यह कोई कुदरत का करिशमा नहीं है, हस्बे-मामूल पेश आ जाने वाला एक अदना सा वाक़िआ है, जो तब भी किसी अफ़्सानानिगार या कवि को ताउम्र नशे में रखने की कुव्वत रखता है। और इस मामूली लेकिन नशीले वाक़िए को भला मैं कैसे न नमक के ज़र्रों की तरह अपनी पलकों से सहेज लेती? मैं कैसे न समझती यह सब क्योंकर होने लगा होगा, क्योंकि मैं ख़ुद भी तो उन दिनों अपनी स्वीडी मित्र अग्निएता प्लेयेल की एक किताब (जो हिन्दी में *कुकुर-नक्षत्र* के नाम से छपी है) से इस कदर फ़ना हो चुकी थी कि उन सभी ज़बानों को भूल सी गयी जिन्हें कहने को मैं जानती थी। यह ले देके उन्हीं दिनों की बात ठहरी होगी जब *नीला* मुझे लग चुका था और तिस पर अग्निएता के इस उपन्यास ने डूबते से तिनके का सहारा भी छीन लिया। *नीला* से घिर जाने पर यह भी समझ गयी मैं कि अब धीरे-धीरे मुझे एक एक शब्द को ऐसे गढ़ना होगा, एक एक अक्षर को, जैसे वह एक इब्तिदाई हर्फ़ हो, और जिसे सपना के ही लिखा जा सकता हो। अग्निएता की किताब के अलावा, मैं ऐसी दो कृतियों का

ज़िक्र करना चाहूँगी जिनसे *नीला* का झरना बहते हुए मेरी उँगलियों के पोरों तक चला आया होगा, भले ही उसे अग्निएता की ज़मीन से बहते हुए ही आना था, जो कि *नीला* की इब्तिदाई ज़मीन थी। ये दो किताबें है *कुछ वाक्य* और *ब्लू आईज़ ब्लैक हेयर*। इनके लेखकों के नाम यहाँ दर्ज करने की कोई वजह नहीं। वे *नीला* के भीतर भी उतने ही हैं, जितना *नीला* के बाहर। ये तीनों पाठ किसी भी लेखक के लिए बेशकीमती उन पाठों में शामिल हैं जो लेखन को एक कठिन कर्म बनाते हैं, तब भी ऐसा कर्म जिसमें मुब्तला कोई यह महसूस ही नहीं करता कि वह कोई काम कर रहा है और वक़्त उसे पीसने-कूटने पर रोक लगा देता है।

देखें कि *नीला* में मुब्तला और फ़नकारों का क्या हश्र हुआ। *नीला* के प्रथम आवरण को अञ्जाम दिया शायर दोस्त हरजीत सिंह ने। आप देख ही रहे होंगे कि पहली जिल्द के कवर के शफ़्फ़ाफ़ नीले पर शीर्षक की इबारत को जिस लाघव से उकेरा गया था, इस पाठ को जज़्ब किये बिना कलाकार के लिए मुमकिन न था। मैंने उससे कहा भी था, हरजीत, अगर मैं नीली सतह पे ऐसे बिन्दास और सफ़ेद हर्फ़ उकेर सकती, तो भला मुझे क्यों लिखना होती यह किताब? वह ख़ुश हो गया था, लेकिन

उस अज़ीज़ से मेरी वह आख़री मुलाक़ात थी। और उसकी याद को मुझे इस दूसरे *नीला* में भी पिरोकर रखना था, कि उसकी तस्वीर कच्ची मिट्टी की किसी ताक में से झाँकती सी रह जाए कुछ दिन। मुझे बहुत सहेज कर ताउम्र रखना था उसकी लिखी-बनी हर शय को। स्वीडी मित्र लार्श एण्डर्सन के उस उपन्यास को भी जो उसने हरजीत को समर्पित किया था और जो ख़ुद भी मादा ज़ात का शिल्पी था। उसके उपन्यास *परबत* (*Berget*) का प्रमुख किरदार बढ़ई और शायर हरजीत सिंह नाम की रिवायत से बुना गया था, हाड़-मांस के हरजीत से तो नहीं ही।

इस उपन्यास की यात्रा ठीक वैसी ही थी जैसी उन तमाम किताबों की जो संयोग से अपने पाठकों के पास दुरूह रास्तों से भी पहुँच जाया करती हैं। एक वे हैं जिसका नाम मैं आसानी से नहीं ले सकती, वैसे तो किसी का भी क्यों आसानी से लेना? तो वे कभी पोलैंड से भारत आयी होंगी, और मैं कियास लगा सकती हूँ कि उन्होंने किसी दिन दिल्ली की किसी बुकशॉप में हिन्दी के कुछ लेखकों से परिचय प्राप्त करने की गर्ज़ से बड़ी सञीदगी से कुछ किताबों के पन्ने पलट लिए होंगे इत्यादि। इतना तो तय था कि उन्होंने इस उपन्यास का नाम किसी और से नहीं सुना

था, न ही इसके लेखक का। मैंने जानने की कोशिश भी नहीं की कि उनके माध्यम से फिर उस शख़्स विशेष, यानि कमीला युनीक-लुन्येव्स्का तक यह पुस्तक कैसे पहुँच गयी जिसने अन्ततः इसे पढ़कर पोलिश में इसका तर्जुमा करने की सोची और फिर कालान्तर में इस पर पर एक शोध ग्रन्थ लिखने की भी, जो "भोपाल स्कूल" के सन्दर्भ को भी इसमें विस्तार से सञोने वाला था। यह स्कूल जो वुजूद में था या नहीं था, है या नहीं है, मेरी नज़र में अपनी जीवनी का अलग से हक़दार है, हालाँकि मेरे वुजूद में विक्षेप की हद तक इसकी पैठ शायद उन दिनों मेरी किसी ख़ुशफ़हमी की वजह से ही हुई होगी, लेकिन इसकी कहानी फिर कहना होगी, बेशक। (ख़ुशफ़हमियों के बिना *नीला* तो क्या कुछ भी कैसे लिखा जा सकता होगा?)

बहरहाल, शोध के साथ-साथ कमीला ने *नीला* का पोलिश में अनुवाद करना भी शुरू किया। ज़ाहिर था हिन्दी में *नीला* पे कुछ आलोचनात्मक सामग्री जुटाने की उसने कोशिश भी की होगी। *नीला* को हर्फ़न हर्फ़न और बारीकनिगाही से पढ़कर प्रभात रंजन और गिरिराज किराडू के अलावा किसी ने कुछ लिखा भी न था, उन दिलफ़रेब ख़तों को छोड़कर जो सीरज सक्सेना, जया जदवानी,

सुनीति भट्ट और मदन सोनी सहित कुछ और लोगों ने *नीला* पढ़कर मुझे लिखे थे। लिहाज़ा कमीला ने कठिन रास्ता निकाला। बड़ी मुश्किल से एक वज़ीफ़ा उसे मिला जिसके तहत वह भारत आकर उन पाठकों से बातचीत कर सकती जिन्होंने *नीला* को पढ़ लिया था। ज़ाहिर है मदन के कहे में आकर, और *नीला* को एक पाठक की हैसियत से पढ़ने की कोशिश कर, मैं भी उन पाठकों में शरीक थी। ये सब इसलिए बता रही हूँ कि इतनी ज़ेहमत उठाने के बावजूद कमीला से जो बन पड़ा वो ले देके शायद उसका अपना ही *नीला* था। लेकिन उसे वो भी काफ़ी न लगा और वह समकालीन गद्य के फ़लक में एक बार फिर *नीला* के गिर्द एक किताब बुनने बैठ गयी जिसे अब लगभग अञ्जाम दिया जा चुका है। लोक-लाज वह पहले ही तज चुकी थी, जगह-जगह उस पर लांछन लग रहे थे, कुछ तो भारत में, कुछ उसके अपने ही देश में जो दरअसल कमीला की प्राध्यापिका और गाइड रेनाता चेकाल्स्का पर अधिक केन्द्रित थे क्योंकि वे अपनी शिष्या को एक ऐसे लेखक पे काम करने की सलाह दे रही थीं जिस पर वक़्त की धूल नहीं चढ़ी थी और जिसकी इस किताब पर कुछ "सामग्री" उपलब्ध न थी। उनके सहकर्मियों का कहना था कि रेनाता सहित उनके विभाग के कुछ और लोग किसी भी किताब

को “हिन्दी” या “भारतीय”मान कर उसका चयन नहीं करते थे। उससे विश्व साहित्य की ही किसी कृति की तरह पेश आते थे। आरोप लगाने वालों में बहुतों के लिए प्रेमचन्द के बाद हिन्दी साहित्य में ख़ला के सिवा कुछ न था।

अमरीका में बसी भारतीय उपन्यासकार मीना अरोड़ा नायक ने *नीला* का अंग्रेज़ी अनुवाद इस गर्ज़ से किया ताकि वह, बकौल उसके, इस बात को समझ पाये कि नन्ही सी जान इस कृति के सफ़हों में कितने और सफ़हों की फरफराहट महसूस की जा सकती है। काप्री नामक द्वीप को घेरते भूमध्यसागर में ब्लू ग्रोटो नाम की जो गुफा है, उसमें प्रवेश करते ही आप एक विद्युत नीले से घिर जाते हैं। मीना का कहना है कि गोया उसने उसी विद्युत सियाही से *नीला* के लाघव को एक दूसरी ज़बान में रचाने की कोशिश की थी जो उसने *नीला* की गुफा में पायी थी। इस काम को अञ्जाम देने के बाद उसने भी *नीला* के समान्तर एक पाठ को रच दिया। यूँ आनन-फानन में *नीला* कुछ ख़ूबसूरत ख़तों सहित चन्द सहोदर कृतियों से घिर गया, कुछ उससे पहले की, कुछ बाद की। पंजाबी कवि बिपनप्रीत द्वारा किये जा रहे *नीला* के उस अनुवाद सहित जिसके बहाने वे

अपना ही कोई रङ्ग ढूँढ रही हैं। *नीला* के उन तमाम पाठकों और लेखकों के बीच मेरा ख़ुद का पाठक सबसे कम बुद्धिमान सिद्ध होगा, यक़ीनन, और यह दीबाचा *नीला* की उसी जिल्द के लिए लिखा गया है जिसे मैंने अब कई बार प्रूफ़ की गर्ज़ से भी पढ़ा है।

आख़री बात फॉण्ट साइज़ को लेकर। इस पाठ को अपने हर्फ़ों का छोटा होना कतई मञ्जूर न होता, ठीक उसी तरह जैसे यह दूसरी जिल्द *नीला* के लेखक की कोई नयी और हक़ीक़ी तस्वीर ख़ुद पर चस्पाँ करने पे आमादा न होती, उन्हीं दिनों की कोई छवि चाहती जो बेशक नीले थे। बुनावट की बारीकी और जिसे मिलान कुन्देरा किसी पाठ विशेष की "लम्बी साँस" कहते हैं, और जिसका इल्हाम *नीला* के लेखक को लिखने के दौरान हुआ था, उसीका सदक़ा है *नीला* का यह रूप। लेकिन बहुत हद तक यह भी मुमकिन है (और काश यह बात सही हो) कि *नीला* के लेखक के पास ले देके कहने को कुछ है ही नहीं। और इस कुछ नहीं को और बारीक छानने की गर्ज़ से साथी कवि रुस्तम की कलम से की गयी तराश-ख़राश ने भी कुछ कम असर न दिखाया होगा।

— **तेजी ग्रोवर**

एक

— मुझे नहीं मालूम, कुछ नहीं मालूम, *ब्लू आईज़ ब्लैक हेयर* में ब्लू के बारे में। तुम अपनी आँखों को नीली आँखें कहोगे?

— हाँ, नीली हैं मेरी आँखें।

— मुझे नीले के बारे में कुछ नहीं मालूम। न भूरे के बारे में। लेकिन नीले के बारे में जैसे नहीं मालूम, वैसे नहीं। इसका न लिखने से, न लिख पाने से जो तअल्लुक़ है, वह नीले से मेरे व्यापार का एक बहुत पुराना क़िस्सा है। लेकिन इस समय मैं बहुत थकी हुई हूँ।

मेरे बाल भी नीले हैं इन दिनों। मेरी कुछ किताबें। सड़क पर ख़ला में एक के बाद एक मेरी ओर आती हुई नीले की प्रतिलिपियाँ।

वह ख़ाली हवाओं को अपनी लम्बी बाँहों से खे रहा है। उड़ते सुनहरे बालों से उसके होने की अफ़वाह मेरे क़रीब आकर टूटती है। इस अजदहे दिन में मैं नीली हूँ। नीली रहूँगी। एक दिन मैं नहीं रहूँगी तब भी नीली ही दिखते-दिखते मैं यहाँ नहीं रहूँगी। मैं इस नीले को सहेज कर रखने के लिए ही साँस लेती हूँ। मैं पानी में से अन्तिम समय साँस के लिए निकल आती हूँ। मेरे हाथ चूल्हे पर जलते हैं। मैं अपनी बाँहों को राख हो जाने से बचाती हूँ।

मेरी बनायी हुई रोटियाँ नीली हैं। मैं नीले के लिए लगातार युद्ध करती हूँ, नीले शस्त्रों से। कोई मेरे प्रहार से आहत नहीं होता, मेरी नीली बातों का किसी को यक़ीन नहीं है। वे कहते हैं यह एक बहुत पुराना क़िस्सा है। उन्हें मेरा नीला, उसके और मेरे बीच का यह नीला दिखायी नहीं देता। मैं नहीं चाहती यह नीला किसी को दिखायी दे।

वह इस नीले में, इस न दिखायी देने में मुझे अपने लिए बुनता है, इस तरह कि मेरी कोई एक उम्र नहीं है, कोई निश्चित रूपाकार। इस नीले में मैं उसके न लिखने से लेकर बारहवीं सदी के रूस

में उसकी शहज़ादी बहन भी हो सकती हूँ।

मेरे चेहरे के लगातार बदलते नक़ूश को वह अपनी आँखों में सह नहीं पाता है। मैं उसकी आँखों के रङ्ग से बहती हूँ, उसके हिम-प्रान्त से, उसकी सङ्गिनी के अवसाद से। वह उससे कहती है, तुम पागल हो, वह तो बिलकुल मेरे जैसी है। मैं कहती हूँ मुझे मालूम है, अब मालूम है मुझे, मैं ख़ौफ़ नहीं खाऊँगी, मैं नीले में रहूँगी, उसके बाहर मेरा कोई दख़्ल नहीं है।

माँ उस समय अब्बू के मर चुके श्वास से प्यार कर रही थी। वह कभी साँस लेते हुए प्यार नहीं कर पाता था, अब्बू मेरा। वह उन्नीसवीं सदी के रूस में रहता था। उसका घर और कहीं भी नहीं था। वह उन्नीसवीं सदी के रूस की वजह से बर्फ़ों और रेतों और समन्दरों से मिलने जाता था। उसके फेफड़े फटते रहते अपने घर की टोह लेते हुए। उसके कपड़े फटते रहते, बाल गुँजलते रहते। वह कहीं भी, किसी से भी इस घर के बारे में बात करते

हुए उसे एक क़िस्से के प्यासे बच्चे में बदल देता था। फिर वे मेरे अब्बू को अपने घर ले जाते, उसे आराम देते, उसके गुस्ल का बन्दोबस्त करते।

वे एक दूसरे से प्यार नहीं करते थे। यह एक जुम्ला है, लेकिन इसे ख़ूब देखने की ज़रूरत है। यह जुम्ला माँ और मेरे अब्बू के बारे में है। अब इसे लिखा जा चुका है। अब कोई आयेगा, इसे एकटक देखेगा, और इस जुम्ले की जान छटपटाएगी। कुछ भी लिखा नहीं जा सकता। न लिखना ही ठीक है। लिख कर फिर आँख जुटाना पड़ती है। और यह हमेशा नहीं हो पाता है। बहुत-सा लिखना फिर आँख न होने की वजह से इस जुम्ले जैसा ही रह जाता है – वे एक दूसरे से प्यार नहीं करते थे।

नीले को मैं कई बार इस तरह लिखने की कोशिश कर चुकी हूँ, जैसे मेरे जीवन में एक नया वाक्य हो यह नीला। हो सकता है कि यह सिर्फ़ एक नया वाक्य ही हो। मेरे सुनने में आया है कि मैं अब फिर से हर साल की तरह एक नए विन्यास में रहने लगी हूँ। वे मुझसे यही चाहते हैं कि अब फिर कोई रङ्ग मेरे हिस्से में आये, कि मैं उनके

आईने पर इस रङ्ग की एक पारभासी लहर को बहकर निकल जाने दूँ। वे देख लेंगे फिर अपने ही अक़्स को, एक नामालूम-सी मुस्कान को। वे आईने में रहते हैं, वे मेरे साथ यहाँ नहीं उतरते जहाँ इस समय नीले के सिवा और कुछ भी नहीं है। यहाँ साँस लेने के लिए मुझे अपने ख़ून की आग में रोटी सेंकना होती है। यहाँ साँस लेने के लिए मुझे नींद की चिता जलाना होती है। फिर नीला यहाँ आराम से अपनी लम्बी सुनहली देह पसार कर कुछ देर रहता है। मैं आस नहीं करती यह नीला मेरे मरने तक यहीं यूँ ही पसरा रहेगा। इस नीले को कुछ और भी काम याद आयेंगे, कोई और इबारत, कुछ और घरों पर बर्क़ गिराने यह नीला मेरे पास से उठकर चला जाएगा।

यह नीला सोचता है वह मेरे साथ नीले के घर में रहेगा, एक जङ्गली झील के किनारे, जिसके सामने एक भिक्षु-गुम्बद दिखायी देता है, जहाँ हम एकान्त के लिए एक दूसरे से सिर्फ़ कुछ घड़ियों के लिए जुदा होंगे। नीला अपने ख़त में मेरी ओर करवट लेता है, कहता है मैं उसे इस नीले घर के बारे में बात करने से मना क्यों नहीं करती, कि

नीले की देह में यह लहर क्यों कभी शान्त नहीं होती।

और मैं भूरे घर में, एक भरे-भूरे घर में नीले से बतियाती हूँ। यह भूरा मेरे अब्बू का है, मेरे अब्बू जैसे तापमान का, अब्बू जैसी आँखों का। अब्बू ने अपनी आँखें अपने जाने के बाद भूरे की आँखों में मिलाकर मेरे लिए भेजी हैं। भूरा जो लिखता है, भूरे की आँखें अपने जुम्ले को लिखने से पहले ही देख लेती हैं, मेरे भूरे का कोई जुम्ला इस देखने से ख़ाली नहीं रहता। यह भूरा मेरे नीले को भी लिखता है। आज नीले की रात्रि है। भूरा नीले को धारण किये धूप में बैठा लिख रहा है। कई दिन के दरख़्तहीन तूफ़ान और बारिश के बाद की धूप है यह, जिसमें भूरा बैठ सकता है अपनी इकहरी देह को खोलकर। वह अपने जुम्ले में नीले के घर को देखता है, जहाँ नीला मुझे इस समय चाहता है, फिर उस भिक्षु-गुम्बद को जो नीले ने मेरे एकान्त के लिए खोल दिया है। भूरा अपने जुम्ले की देह को खोलता है, सिंह की जम्हाई की तरह। भूरे की हड्डियाँ तिड़कती हैं। भूरे की देह अब्बू के फेफड़ों की तरह फड़फड़ाती है। भूरा मुझे

बिटिया की तरह देखता है। फिर भूरा मुझे प्रिया की तरह। फिर उस प्रिया की तरह जिसे उसे अब बिटिया की तरह दूर देश के नीले से ब्याह देना होगा।

भूरा बड़ा होकर हमारे भूरे घर की छत से नाली में बह निकला है। भूरा अपने ख़ून में धुआँ पैदा करता है। भूरा अपने ख़ून को धुएँ से बड़ा करता है हवा में बहाने के लिए। भूरा अब कब्र में है जहाँ उसका लिखना रहने लगा है। भूरा मेरे नीले को लिये कब्र में चला गया है। मैं अपने नीले को फिर रोती हूँ, अपने भूरे घर में, भरे-भूरे घर में, नीले से बतियाती हूँ। भूरा मुझे धुआँ दिखाता है, मुझे चाय दिखाता है, मुझे रोटी दिखाता है भूरा, मुझे सुलाता है। मैं अब्बू को अपने लिखने की मेज़ के पास बैठा हुआ देखकर अब्बू के लिए रोती हूँ। फिर मैं धूप में बैठे हुए मेरे भूरे के पास जाकर कहती हूँ, मुझे दिखते रहना, मुझे दिखना बन्द नहीं होना। मैं नीले के लिए उसकी गोद में सिर रखकर रोती हूँ। भूरा कहता है मैं उससे उससे भी बड़ा भूरा माँगती हूँ। उसकी हड्डियाँ तिड़कती हैं। मैं पूछती हूँ भूरे को पता नहीं था मैं नीले को तरसने

इस घर में आयी हूँ?

फिर भूरा इस नीले प्रान्त में मेरी शिशु-चिड़िया है। वह गोदुए से गिर गया है। चींटियाँ आती हैं इस नीले नक्षत्र पर। यह कतार बहुत लम्बी है। मैं उनकी बाँबियों पर बैठकर चहचहाती हूँ। मेरे पङ्ख मेरे शिशु को झेल नहीं पायेंगे। उठा कर मैं उसे गोदुए में नहीं रख पाऊँगी। मैं मनुष्य ज़बान में चहचहाती हूँ। चींटियों से भूरे के प्राणों के लिए प्रार्थना करती हूँ। वे चलती रहती हैं जैसे कुछ न सुना हो, जैसे मैंने कभी नहीं सुना उन्हें, जब वे बर्तनों में चल रही होती हैं, जब वे अचानक धुलने लगते हैं। भूरा छत पर धूप में बैठा मेरे सिर को दिलासा दे रहा है अब्बू की उँगलियों से। मैं नीले को तरसती हुई उसकी गोद में हूँ।

नीला जङ्गल में हमारे दो दिन के कमरे में बैठा नोट्स लेता है। मैं अन्दर जाती हूँ। नल के नीचे एक ड्रैगनफ़्लाय की निष्प्राण देह है। मैं दूसरे नल को खोलती हूँ। मैं देह को छूने से कतराती हूँ।

फिर नीला भी वहाँ है मेरे पास। वह झुक कर उसे अपनी निहार से छूता है। फिर उँगलियों से। वह जङ्गल की छनती हुई धूप में उसे अपनी उँगलियों पर बिठाये कई चिर से खड़ा है। प्राण की कोई सम्भावना नहीं है, वह खड़ा है। मैं अचानक खिड़की से उसे देख लेती हूँ। मैं सोचती हूँ नीले का यह बिम्ब कभी स्मृतिहीन नहीं होगा, उसमें मेरी स्मृति रहने लगेगी। फिर नीला मुझसे कभी अलग नहीं होगा। मैं बाहर जाती हूँ। वह उसे ग़ौर से देख रहा है, जैसे मनुष्य पहली बार किसी बेजान देह को। उसने नीले रङ्ग का ऊनी वस्त्र पहन रखा है। कुछ दिन पहले उसने बताया था उस वस्त्र पर रेंडियर की आकृतियाँ हैं। फिर मैंने देखने की कोशिश की तो वहाँ नहीं थी रेंडियर की आकृतियाँ। वह हमेशा सोचता था उस वस्त्र पर रेंडियर की आकृतियाँ हैं। यह सोचकर वह मुस्कराया था।

वह शाम और पूरी रात नीली थी। हम बरामदे की ठण्डक में जुगनुओं को देखते हुए बैठे

रहे थे। उसे जुगनुओं के बारे में कुछ भी मालूम नहीं था, उसे नहीं पता था वे जुगनू थे जो हमें दिखते थे उस रात। वह सोचता था वे सिंहों की आँखें हैं। मैंने कहा इतने सिंह होते इस जङ्गल में तब तो हमें कोई डर ही नहीं रहता।

फिर मैं उदास थी कि वे सिंहों की आँखें नहीं थे। वे जुगनू।

उसके जङ्गल में कई देश दूर किसी द्वीप पर वह काई ओस में भीग रही थी जिसे रेंडियर कुतरते हैं।

फिर धूप में उसके पङ्ख खुल गये थे। वह होश में थी उसकी उँगलियों के कोमल किनारों पर। उसे जल्दी नहीं थी, नीले से उड़कर जङ्गल में जाने की जल्दी नहीं थी उसे। उसके झीने पङ्ख परख रहे थे धूप की रङ्गत को। वह नीले के प्रेम में एक बार फिर देह में प्रविष्ट हो रही थी। मैंने देखा था अब्बू की साँस को टूटते हुए उस रात जब मुझे माँ के भीतर जाकर बैठ जाना था। मुझे अब्बू की आँखों का सम्मोहन माँ के घनेरे की ओर खींच रहा था। वहाँ बहुत नीला था मेरा घर, पेरा दिल नीला था, एक गुनगुनी भूरी शुआ में, जिसमें मेरी माँ की

ग़रीबी को खटखटाने मैं चली आयी थी।

पन्ना छह की छाया में पन्ना सात की पहली तीन पंक्तियाँ मैं पढ़ नहीं पाती हूँ। मैं इस छाया को 'नीला' का नाम दूँगी। वह मुझे भूरे में से खींच नहीं पायेगा। वह पीछे मुड़कर देख लेगा। वह उस हिदायत को भूल जाएगा। मैं नमक के स्तम्भ में बदल जाऊँगी।

नीला अपनी नीलाई को ढाँपता हुआ रोयेगा।

बरामदे में जाकर धुआँ पैदा करेगा अपनी कटी हुई आँत से।

रात में बैठा पीता रहेगा ख़ुद को।

वह गुस्ताव फ्रीयडिंग के पागलपन के बारे में मुझे बतायेगा।

एक बार के आहत प्रेम के बाद वह वेश्याओं के पास ही जाया करता था। गुस्ताव फ्रीयडिंग।

गुस्ताव फ्रीयडिंग का अनुवाद वह मेरे लिए नहीं कर सकता, कोई नहीं कर सकता। फ्रीयडिंग

अनुवाद में ज़रा भी फ़्रीयडिंग नहीं है। ख़ासतौर पर नीले का फ़्रीयडिंग। नीला एक बार फिर कुछ वाक्य अपनी ज़बान में मुझसे कहता है। शायद भूरे के बारे में।

ईश्वर के लिए हमें अब कुछ देर ख़ामोश हो जाना चाहिए।

दो

जिस तरह लिखने को लेकर मैं ऐसा नहीं सोच सकती। कि मैं नीले के ख़त से एक जुम्ला तोड़कर सफ़ेद पर रख दूँगी। और सफ़ेद पर नीले के ख़त से एक जुम्ला नीले का जादू लिये हुए होगा।

वह मेरे किसी काम का नहीं है। तब भी नहीं जब समुद्र की धूप में वह मुझसे मेरे अब्बू की बात करता था। हम मांस-मज्जा में उतरते ही नहीं थे। हर शब्द उसके सुनहले बालों की तरह उड़ता था। हर शब्द समुद्र की उजली झालर की कोई एक बूँद और बस। वह किनारे से बहुत दूर तैरने भी नहीं जाता था। योर फ़ादर इज़ द ट्रू स्टोरी ऑव योर लाइफ़। नीले का एक जुम्ला समन्दर की पनीली धूप में उड़ता है। मैंने यह जुम्ला नहीं सुन

रखा था, जबकि वह था, नीले से मिलने के पहले ही वह था।

समन्दर की पनीली धूप में नींबू की चाय पीते हुए नीले ने इस जुम्ले के ऊपर से मेरा नीला स्कार्फ़ हटा दिया था।

* * *

यह मुमकिन नहीं था। लॉरेंस को पढ़ते समय मैं पूरा अन्धकार चाहती थी। मेरा सिर बात करना बन्द कर दे, मैं आईने की ओर मुड़कर प्रेम की सम्मोहक आकृतियाँ सिर में जड़ने के लिए याद न करती फिरूँ। मुझे रटना होता था प्यार?

नीले में मैं स्मृति को खो सकती हूँ। उसकी देह के हलके भूरे सितारों को भूल सकती हूँ। रोटी के समय हाथ जला सकती हूँ। सीढ़ी उतरते समय सीढ़ी भूल सकती हूँ। सड़क पार करते समय...

मैं यक़ीन करना चाहती हूँ कि ऐसा ही था। कि ऐसा हो सकता है। कि सिर में शब्द बुझ गये

थे उस रात। कि आईना नहीं था। कि आईने की स्मृति नहीं थी। कि प्रेम भी नहीं था, जिसे हम प्रेम कहने लगते हैं। दो दरख़्त थे। नीले के देश के दो नाज़ुक लम्बे दरख़्त। हवा थी। झील की सतह पर इंगमार की डूबती हुई नब्ज़ थी जिसमें एक अन्तिम फ्रेम का वहम हो सकता था। उस रोशनी के लिए मेरे पास शब्द नहीं थे उस रात, जो इंगमार के फ्रेम में थी, जो अँधेरे की रोशनी है। इंगमार को इस तरह देखना मुमकिन होगा, मुझे कैसे पता होता। मेरे देश में इंगमार अबूझ थे। कारिन का वह पागलपन, उस द्वीप पर बहन और भाई का वह अचानक प्रेम। छत पर उस डूबती नब्ज़ की हवा में कारिन जो देख सकती थी, वह कारिन ही देख सकती थी। मैं कारिन के अँधेरे में काग़ज़ की एक चिन्दी की तरह रहती थी। मैं कारिन नहीं थी, मैं कारिन का अँधेरा नहीं थी।

और यह मुमकिन था। मैं कारिन का अँधेरा थी। उस अँधेरे पर एक स्कार्फ़ था, जो उस रात नीले के स्पर्श से ज़मीन पर गिर गया था।

उसके देश के दो नाज़ुक लम्बे दरख़्त। उसके देश के पतझड़ में। उनके रङ्ग ज़र्द से सुर्ख़

हो जाने को थे, उस मौसम की पहली बर्फ़ में, बर्फ़ की उस पहली रात में।

उस रात प्रेम नहीं था। दो दरख़्त हवा में सरसरा रहे थे। वे बहुत क़रीब उग रहे थे उस रात। उनकी त्वचा एक दूसरे को अपनी ज़र्द से सुर्ख़ होती हुई पत्तियों से छू रही थी। इंगमार की हवा थी अँधेरे की रोशनी में। दरख़्तों की सरसराहट के लिए शब्द मेरे सिर में बुझ गये थे। आइने की स्मृति नहीं थी। देह की स्मृति नहीं थी। उस रात शायद नीला भी नहीं था। नीला मैंने उसे नहीं दिया था अभी।

फिर उसी रात मैंने उस वनैले जीव की आँखें देखी थीं। मेरी आँखें उन आँखों के नीचे मनुष्य की आँखें नहीं थीं। मनुष्य की आँखें थक गयी थीं। उस रात प्रेम भी नहीं था।

नीले ने बताया था मुझे कि हम लोग एक अग्निशिखा की तरह गुज़र रहे थे उन दिनों उसके देश के भीतर से। मेरे देश के कवि। उन्हें मेरे देश

में कवि होने का अभ्यास नहीं था। हमें अभ्यास नहीं था इस तरह कवियों को अग्निशिखाओं की तरह देखे जाने का। सिर्फ़ बालन को था यह अभ्यास और फिर भी वह इंगमार के फ्रेम में डूब जाना चाहता था। मुझे नहीं था यह अभ्यास और मैंने अपने रङ्गीले स्कार्फ़ गले में पहन लिये थे। उन्हें गिनना मेरे लिए मुश्किल था लेकिन वे गिने जा रहे थे। मेरे हिस्से की अग्नि में एक नीला स्कार्फ़ शिखा की नोंक पर झूम रहा था। मैं हँसती थी, और लकड़ी की सराय की सीढ़ियाँ फलाँगते हुए उनकी हँसी की ओर दौड़ जाया करती थी जो वहाँ थे उस रात, जहाँ नीला ख़ुद को ख़ाक किये दे रहा था, और मैं कभी इतनी देर रहती ही नहीं थी वहाँ।

मैंने देख लिया था उसे, जैसे उसने मुझे।

लेकिन मुझे कुछ भी नहीं मालूम था।

मैंने उस सियाह समन्दर को नहीं देखा था जिसके सामने वह मेरे साथ खड़ा मेरी राह देख रहा था। मैं हमेशा उसके साथ थी और वह मेरी राह देखता सियाह समन्दर के सामने ख़ुद को नीले में बदल रहा था।

फिर वह लकड़ी की सराय चढ़ रहा था, जहाँ मेरी हँसी थी, जहाँ नीला स्काफ़ मेरे गले में रहता था। मेरे देश के सभी कवियों की हँसी के शान्त हो जाने तक वह वहाँ था, जब मैं लकड़ी की सराय उतर रही थी। उसके पत्ते उसी तरह ज़र्द थे, लॉरल के पत्तों की तरह, उसके नाम के पत्तों की तरह, उसकी ज़बान में उसके नाम के पत्तों की तरह। उसकी आँखें नीली थीं, बेशक, मैं अँधेरे की शुआ में, नींद की शुआ में उन्हें देख रही थी। फिर उसकी बाँहें थीं, जैसे कहीं और होना मेरे लिए मुम्किन नहीं था, जैसे मैं उन्हें खोल कर सीढ़ियाँ उतरती नहीं रह सकती थी, जैसे वह वहाँ हो ही नहीं, जैसे उसकी आँखें पागल नीली आँखें न हों, जैसे मेरा स्काफ़ सरक कर सीढ़ियों में न गिर गया हो...

मेरे कमरे में, लकड़ी की सराय में, मैंने उसे सुना था उस रात। वह मेरे साथ रहता था और मेरी राह देखता था। उसे यक़ीन था वह मैं थी जिसके साथ वह था और जिसकी राह देखता था वह।

मुझे वह वहाँ दिखायी नहीं दे रहा था जहाँ वह कह रहा था कि वह है।

उसने मुझे छुआ था, मैं अभी नहीं थी वहाँ। मैंने उसे छुआ था, मैं नहीं थी वहाँ। मैंने झुककर सीढ़ियों से अपना स्कार्फ़ उठाया था।

उसे यक़ीन नहीं हो रहा था। मेरे कमरे में भूरी रोशनी फैली हुई थी।

उसे यक़ीन नहीं हो रहा था। मैं भूरी रोशनी में नीले को देख नहीं पा रही थी। वह ज़र्द था अपने नाम के पत्ते की तरह।

उसने लकड़ी की सराय में भूरी रोशनी को नहीं देखा था, उसकी आँखें नीली थीं।

उसे नहीं मालूम था वह आज की ही रात होगी जब मेरा काँच पूरी तरह तिड़क जाएगा। इस काँच में दिख रही सड़क मैं पार नहीं कर पाऊँगी। इस काँच में सिंकती हुई मेरी रोटी जलकर राख हो जाएगी।

मैंने उसे नहीं देखा था, सियाह समन्दर के सामने, मेरे साथ खड़े हुए।

समन्दर के सामने उसके साथ मैं नहीं थी। वहाँ कोई नहीं था। वह ख़ुद भी नहीं। वह उन दिनों लिख नहीं रहा था।

मैं सिर्फ़ नीला स्कार्फ़ पहनकर दिखती थी। मैं लिख नहीं रही थी।

मैं भूरे से फ़ोन पर कहती थी कि भूरे का लिखना इन दिनों मेरी हथेली पर काँप रहा है। कि मैं एक अजीब नीले में गुम हो रही हूँ, कि यह उन किताबों का नीला है जिनके लिए मैं जून की छत पर टीन की चादर के नीचे छिप जाया करती थी। यह उन किताबों का नीला है जो मेरी माँ को डस लेती थीं। उसकी—माँ की—कोई किताबें नहीं थीं। माँ अब्बू की उन्नीसवीं सदी के रूस में नहीं रहती थी। माँ को हमें मरने से बचाना होता था और यह उसका रोज़ का काम था, ईश्वर की तरह नहीं जिसने प्राण गिनकर दे दिये थे। अब्बू को भी मरने से बचाना होता था उसे, हालाँकि अब्बू तो वहीं रहते थे जहाँ नास्तास्या नीले से भूरे से नीले की ओर भाग रही होती थी। अब्बू को मरने से बचाना क़तई ज़रूरी नहीं था। वैसे भी अब्बू अपने हाथ के लिखे हुए को लकड़ी की पेटियों में दफ़न कर देते

थे। अब्बू दीमक के लिए लिखते थे। टेलिफ़ोन जब तक टूटकर बिखर नहीं जाता था, अब्बू उसे फ़र्श पर मारते रहते। घर से बाल्टियाँ भरकर माँ के दहेज का काँच कचरे में जाया करता था। सिलते हुए कपड़ों की आवाज़ से हमें नींद नहीं आती थी। माँ से कई कपड़े ख़राब हो जाते थे, और मैं खूब पिटती थी, थाने में लाये गये जेब-कतरों की तरह। मैं नास्तास्या के भूरे से नास्तास्या के नीले से नास्तास्या के भूरे में जाकर रोती थी, और अब्बू कभी-कभी मुझसे वहाँ मिल जाया करते थे। मिश्किन के लहराते हाथ से टूटा फूलदान भी वहाँ होता। मैं उसके किसी टुकड़े को अपनी एड़ी खुजलाने के लिए उठा लिया करता थी। उस फूलदान के बेलबूटे पनीले थे, नील और पानी के बने हुए।

मेरी एड़ी पर नीले की उँगलियाँ मेरी हैं। यह पहली रात नहीं है जब मेरी एड़ी पर उसकी उँगलियाँ थीं और वे मेरी नहीं थीं। मैंने पहली रात की सुबह नीले को हलाक़ कर दिया था। वह दफ़्न

था कार की पिछली सीट पर और मैं रियर मिरर में हँसती थी और रोती थी। मुझे नीले के देश की सर्दी लगने लगी थी। इंगमार की झीलें और इंगमार के सरसराते हुए चीड़ मेरे देश के कवियों को आहत कर रहे थे। बालन की आँखें बेवजह सुर्ख़ थीं और पीले सुर्ख़ मेपल में वह अपनी पहली प्रेमिका को देखने लगा था। फिर वह हर जगह उसे दिखती थी।

इंगमार के फ़्रेम झीलों की निष्कम्प सतह पर कहीं भी उठ सकते थे, कोई भी दरख़्त जब भी सरसराहट में बदल सकता था। धूप में बर्फ़ की हलकी पीली सिल्ली थी जिसमें दो देशों के शवयात्री गाते फिरते थे नीले के देश में, जब वह कार की पिछली सीट पर अपनी कब्र में लेटा मुझसे रियर मिरर में मिलने की कोशिश कर रहा था। उसके शव में मेरी नीली किताबों के शव थे जो मुझे पिछली सीट से ब्याह कर रखे हुए थे। उसके शव के सुनहले बाल उड़ते थे मेरे भूरे आकाश में। मेरा काँच तिड़क रहा था। कुछ ही देर में दो टुकड़ों के बीच एक नामालूम-सी नीली लकीर उभर आने को थी। फिर मैं कारिन का अँधेरा हो जाने वाली थी।

कारिन का अँधेरा सातवें दायरे से बाहर था। फ़ेलीस, बिऐट्रिस, मॉड, फ़ैनी, माइलेना, सिल्विया और मरीना के जिस्म बह निकले थे। नीले के देश का आकाश, नीले के देश के पतझड़ का आकाश ज़र्द से सियाह होने वाला था।

वे सभी उस अँधेरे को लिख लेते थे, नीले के देश के शवयात्री। उन सात अनहोनी मादाओं के अङ्गों से बहता हुआ अँधेरा। अग्निएता भी लिखती थी उसे, नीला भी लिखता था। इंगमार उस अँधेरे से फ्रेम बनाता था नीले के देश के दरख़्तों को घेरते हुए। उन दरख़्तों की सरसराहट इंगमार के फ़्रेम की सरसराहट थी, झीलों की सलहीन सतह के नीचे इंगमार के फ़्रेम की जड़ थी।

मैं सुबह की खिड़की में सुबह को पीते हुए कुछ देर उस अन्तरङ्ग हँसी से भन्नाई हुई शवयात्रा से कटने की कोशिश कर रही थी। कारिन का अँधेरा मेरे अङ्गों में मुझे सूझ नहीं रहा था और वे लोग मुझे ढूँढ़ रहे थे। मैं झिर्री में से मना कर रही थी, वे मना नहीं हो रहे थे। मैं झिर्री में से अपनी चूड़ियाँ तोड़कर उनकी ओर फेंक रही थी। फिर वे सब मना हो गये थे। उनके लिए कुछ भी नया नहीं

था। फिर भी वे डर गये थे। वे मेरे कमरे को अपनी दुआओं से धुआँते हुए चले गये थे। वे मुझे साथ लेते गये थे, कि कमरे में मेरे बिना मैं ख़ुद को खोल नहीं सकती थी। वे मेरे बिना अपनी यात्रा में मुझे हँसाते फिरते थे। मैं कमरे में मेरे बिना सुबह की खिड़की में बैठी थी। खिड़की सात मञ्ज़िल उठी हुई थी। मैं उसे खोलने की कोशिश कर रही थी।

सुबह की खिड़की मुझसे खुलती नहीं थी। भूरे की रोशनी ख़त्म होने को थी। उसका खुलना, उसका अभी इसी समय खुलना ज़रूरी था।

फिर मैंने पानी में उसे खोलने की कोशिश की थी। मैं पानी में उसे खोल सकती थी। वह पानी में खुल रही थी। पानी में मेरे बाल मेरे सुलगते हुए कन्धों पर जलते थे पारे की रोशनी के नीचे। मैं उस रोशनी को तोड़कर काँच के एक टुकड़े को कलाई तक ले जाती थी। उस रोशनी को तोड़कर खाती थी।

मेरे मुँह में पानी और पारा था। नीले का फ़ोन बजने लगा था। वह उनकी यात्रा में नहीं था। वह शहर में छिपा था, अपने बच्चों के झुरमुट में।

मैंने कहा, मुझसे सुबह की खिड़की खुलती

नहीं थी। मैंने पानी नहीं कहा, मैंने पारा नहीं। मैं अपने बरसते हुए जिस्म से बोल रही थी। वह अचानक अपनी बच्ची की तरह हँसने लगा था।

मैंने कहा यह कहानी अब लम्बी होती जा रही है। मैं इससे निकलकर कहीं नहीं जा सकती।

वह अपने फ़ोन को झुरगुट से खींचकर बर्फ़ के बरामदे तक ले गया था।

तीन

फिर सुबह की खिड़की में अचानक रात के सितारे निकल आये थे। कॉरिडार में यात्रा के उन्नीस पैरों की आहट थी। वे रुके थे मेरे कमरे के पास। कमरे में कारिन का अँधेरा था। भूरे की रोशनी नहीं थी। मैं अब भी मेरे बिना धुआँ पैदा करती बैठी थी कारिन के अँधेरे में।

रात के सितारे निकल आये थे और रात नहीं थी। रात की महक नहीं थी। रात की नींद नहीं थी। पारे की रोशनी में दरख़्त सरसरा रहे थे। मैं सरसराहट को देख रही थी। मेरे जिस्म की सुइयाँ टूट गयी थीं। कोई काँच मुझसे नहीं खुलता था। नीले के देश के सभी काँच बन्द थे।

अगर वह रात थी, तो वह तीसरी रात थी।

नीले की तीसरी रात। लेकिन नीला नहीं था। यह नीले की तीसरी रात थी और मैं नीले की तीसरी रात की राह देख रही थी। दूसरी रात कहीं और थी और मेरे पास कहानी में आने से चूक गयी थी। उस रात मैंने लगभग नीले को खो दिया था। वह नीचे बार में बैठा दूसरी रात को गुन रहा था, उसे दूसरी रात में बदलने की कोशिश कर रहा था जब मैंने दूसरी रात को अभी देखा नहीं था। वह मेरे कमरे में थी और मैं उसे न देखते हुए सो गयी थी। वह देखती रही थी मुझे। उसने आँखों में घुसकर नीले को ट्रेन के दरवाज़े से गिरा दिया था। मेरी आँखों में वह मेरे कपड़े पहने हुए था।

मैं उठकर भागती हुई बार में उतर गयी थी।

उसने मुझे खो दिया था और अब मैं बार के धुओं और कहकहों में उसके पास थी। उसकी वाईन में कँपकँपाहट होने लगी थी। बाक़ी कवियों ने मेरे वहाँ आने के लिए जगह खोलकर रखी हुई थी। उन्हें नहीं मालूम था यह नीले की दूसरी रात थी और मैं उस रात को लेने के लिए बार में आयी थी। यह वो दिन नहीं था जब सुबह की खिड़की में रात के सितारे निकल आये थे। नीले के देश में

अँधेरे का यह खेल अभी खुला नहीं था। यात्रा में यह नीले के लिखने का शहर था। यहाँ उसके ख़त आते थे, यहाँ उसका फ़ोन बजता था। यहाँ, इसी शहर में, कहानी के दौरान, मेरे देश से हर सुबह एक नीला ख़त इस ओर आने के लिए उड़ता रहेगा। इस नीले ख़त में भूरी सियाही से मैं नीले की जान लिया करूँगी। मैं भूरे के ख़ून में उसे ख़त लिखूँगी। उसकी नीली आँखों को खोलकर उन्हें भूरे का रोना रुलाऊँगी। वह सीख लेगा एरोग्राम के नीले काग़ज़ पर नीले आँसू रोना, मुझे कुछ न बताना, मुझसे बात नहीं करना, मुझे ख़त नहीं लिखना। वह सीख लेगा मेरे हाथों को मेरे देश में अपने देश से जलाना। वह सीख लेगा वहीं से मेरी सुबह की खिड़की में रात के सितारे निकाल देना, वह मेरी नींद को अपने देश में रखना सीख लेगा, वह मुझे देखने नहीं देगा ख़ुद को ट्रेन में बैठते हुए, वह मुझे नहीं देखेगा उसके बिना सड़क पार करते हुए। मुझे तमाचा खाते हुए मेरे देश की सड़कों पर एक कार क़िस्म के आदमी के मोटे हाथ से...

नीले के लिखने के शहर में वह नीले की दूसरी रात थी। मैं बार में उतरकर उसे बचा ले

आने के लिए वहाँ थी। उसकी आँखों में नीले की दूसरी रात मुझे दिखती थी।

वह इमारत पारे की रोशनियों में हमें बार से मेरे कमरे तक ले जाने के लिए थी। सीढ़ियों में नीले शनील बिछे थे और सीढ़ियों के आईनों में नीले ने मेरा हाथ अपने में ले लिया था।

यह दृश्य मेरा नहीं था, न धूल थी, न धुआँ था, न रात का ठिकाना ढूँढ़ते हुए मेरा ख़ौफ, मेरी अनगढ़ता।

मैं अच्छा नाच रही थी और जैसे किसी ने ख़ुश होकर एक कक्ष मेरे लिए खोल दिया था।

मेरे कमरे के काँच उसने खोल दिये थे, वह नीले के लिखने का शहर था। मैं नीले का लिखा पढ़ नहीं सकती थी। हम एक तीसरी ज़बान में बात करते थे और थक जाते थे। बात नहीं करते हुए हम कभी नहीं थकते थे। यह नीले की दूसरी रात में हम सीख रहे थे।

एक फ़ोन था, जो मैं हवा में उठाती थी उस रात। यू नो इट्स दिस ब्लू फ़ॉक्स इन माय रूम। वह मुझे मेरे यहाँ आने से पहले ही देखता था। इंगमार कोई जादूगर नहीं है। वह दरख़्तों को घेर लेता है। उन्हें सरसराता है। अँधेरे की रोशनी में।

यह अँधेरा वह नहीं है, तुम्हें यक़ीन करना होगा, यह अँधेरा वह नहीं है जिसे तुम अँधेरा कहते हो। जिसे मैं अँधेरा नहीं कहूँगी वहाँ आने के बाद।

मैंने सोचा था इस देश के शवयात्री हमसे वही कहेंगे जो उन्होंने हमें लिख भेजा था, तिथियों और समयों के साथ।

हाँ, मैंने कहा, मैंने उन्हें शवयात्री कहा। वे इतने ही हसीन हैं। मैंने उनके रोने की आवाज़ सुनी है, वे रोते हुए दिखायी नहीं देते। वे नीले की दूसरी रात में रोते हैं।

एंड दिस ब्लू फ़ॉक्स, मैं तुम्हें बता नहीं सकती, न ख़ुद को। मुझे कुछ भी मालूम नहीं, अलावा इसके कि शायद यह एक कहानी है। शायद यह कहानी मेरी नहीं है।

इस देश में मेरी वो सभी नीली किताबें खुल

गयी हैं अँधेरे की रोशनी में। झीलों की सलहीन सतह पर दिखते हुए दरख़्तों में सरसराती हैं।

मैंने हवा में फ़ोन रख दिया था।

नीले के कन्धों पर, नीले की बाँहों पर हलके भूरे सितारों के चित्र थे नीले की दूसरी रात में।

वे भूरे सितारे, उसकी लम्बी पीठ पर।

चार

'इसका कोई अर्थ नहीं है...'

मैं उसकी ओर देखती हूँ।

'मैं लिखता हूँ, इसका कोई अर्थ नहीं है मेरे लिए, इस देश में...'

मैं समझ नहीं पाती हूँ, मेरे लिए यह बिलकुल एक नया वाक्य है।

'कोई अर्थ नहीं है, अगर तुम...'

मुझे विश्वास नहीं होता तीन जगह से टूटा हुआ यह वाक्य अब अस्तित्व में है।

तुमने इस खेल के ख़ौफ़ में अपने लिखने

को मेरी ओर चल दिया है। अब वह मेरे तिकोन में है। मैं इसे उठाकर अपने पास रख सकती हूँ। इसे लेने के लिए मेरे तिकोन में आओगे तुम।

मेरे तिकोन गें सियाह समन्दर है। नारियल के झुरमुट हैं। तुम सह नहीं पाओगे। मैं नहीं सहती हूँ। मैं नहीं सहती हूँ इस तिकोन के डूब जाने के ख़ौफ़ को।

मेरे तिकोन में उदयन का घर है।

भूरा उदयन के लिए, उदयन की डूब गयी प्रिया के लिए रोयेगा। भूरा इस तरह रोयेगा कि मेरे डूबने के लिए सियाह समन्दर को लिख रहा हो।

उदयन ख़ुद को हँसते हुए शव की तरह देखता है। मैं उदयन से मिलूँगी मार्ग्रीत और काम्यू के शहर में। हम कुछ ही दिनों में सेन्न के किनारे चल रहे होंगे, उदयन और मैं, पीले पत्तों के सैलाब पर। हम मार्ग्रीत के कैफ़े में मार्ग्रीत की वाईन पी रहे होंगे। मैं उदयन को मार्ग्रीत की बारिश में मेरे

भूरे छाते के नीचे नीले के बारे में बताऊँगी। वह मुझसे कहेगा मुझे भूरे को लेकर बेहाल नहीं होना है।

मैं उदयन को ऐसे नहीं लिख सकती जैसे नीले को लिखती हूँ।

वासवदत्ता के बिना मैं उदयन को सहती नहीं हूँ। कभी-कभी वासवदत्ता मेरे पास आती है। उसे कुछ भी मालूम नहीं रहता। वह सोचती है कोसाम्बी के कवि ने कभी उसे नहीं चाहा था। मैं उसे धीरज बँधाने की कोशिश करती हूँ। उदयन चाहना के परे रहता है। उसे नहीं मालूम वासवदत्ता जीवित है।

वह वासवदत्ता के शोक में वासवदत्ता के जीवित होने से परे चला गया है।

वह कहता है मुझे नीले के पास जाना चाहिए।

हम सब एक-दूसरे से ब्याहे हुए हैं। हम नहीं, हमारा लिखना। नाम लिखना ज़रूरी नहीं है। उस शहर में हम सबका एक उजड़ा हुआ बसेरा है

जहाँ दो दिसम्बर की सुबह मनुष्य और पशु और पक्षी सड़कों पर बिछ गये थे। उस शहर की झील इंगमार की झील नहीं थी। उस झील ने कुछ ज़हर घोल लिया था हवा से खींचकर। उसने अपने जलचरों के प्राण लेकर कुछ मनुष्य बचाये थे। मैं नीले को उस शहर में घोलती हुई थकती नहीं थी। उसे बुलाती थी उस ब्याह में, उरा शिविर में।

नीला मुझे इंगमार की झील के किनारे बसे एक सूने घर में बुलाता है, जिसके ठीक सामने वह एकान्त-कक्ष है। वह नहीं रहेगी वहाँ, जो बिलकुल मेरे जैसी है। नीला मुझसे बात नहीं करता उसकी, मेरी हमरूह की। वे साथ न रहने के लिए साथ हैं, अपने बच्चों के झुरमुट में। वे दूर रहने की कोशिश में सट कर बैठे हैं। वह ख़त लिखना चाहती है मुझे। उनके घर में रखे चरखे पर किसी झिर्री में से रोशनी का एक चकत्ता गिरता था। मैं नीले की किताब की आठ प्रतियाँ देख रही थी उस समय, धूल की शेल्फ़ पर। मेरी हमरूह रेड वाईन के ढक्कन खोल रही थी मेरे देश के कवियों के लिए। उसकी आँखों में वह छाया देख ली थी मैंने। उसे छूते हुए उसके सीधे सुनहले बाल उसके कन्धों पर उतर रहे थे।

नीले की पहली रात अभी दो रात दूर थी।

मेरी हमरूह उस रीडिंग में आयी थी जहाँ नीले को पढ़ना था जङ्गल के सङ्गीत-घर में। मोमबत्ती की लौ में कोई वायलिन बजाकर समय से पहले ही चला गया था।

उसी रात मेरी हमरूह की और नीले की तस्वीरें मेरे पास हैं, मैं देखती हूँ उन्हें इस कहानी में, नीले को उन तस्वीरों में मेरी ओर देखते हुए।

नीले की पहली रात अभी दूर थी। मैं उन तस्वीरों में मेरी हमरूह का आधा चेहरा पढ़ने की कोशिश करती हूँ। भूरा भी कोशिश करता है। उसका कहना है इतना फ़र्क है तुममें और तुम्हारी हमरूह में। वह तुम्हारी तरह ज़ोर से हँस नहीं पाती है।

पाँच

उसे मर जाने देना था उसे जब वह अभी जीवित थी और उसकी याद में रोना शुरू कर देना था।

भूरा उदयन की डूब गयी प्रिया के लिए रोयेगा, उदयन के लिए रोयेगा।

नीले की पहली रात में नीले की देह मेरी देह के लिए थी।

वे एक-दूसरे से उन सात रातों में नीले की देह और मेरी देह की तरह नहीं मिलती थीं।

दो दरख़्त हवा में सरसराते थे। उन नीली आँखों के नीचे मेरी आँखें मनुष्य की आँखें नहीं थीं।

नीले में उन सात अनहोनी मादाओं का अँधेरा था नीले के देश के पतझड़ में।

वह मादा पन्ने लिखता था।

अ ब्लू फ़ॉक्स। अ ब्लू पाईन। ऑव सेवन नाइट्स ऑव ब्लू।

उदयन उसे रो लेने देगा। भूरे के लिखने में उदयन उसे रो लेने देगा। उदयन वही है जो रो लेने देगा बिना धीरज बँधाये। उदयन वही है जो हँसेगा सुबह के हो जाने तक, हँसायेगा रात की अस्थियों के फूल बनने तक। हम सब सुबह जाते हैं फूल चुनने। हम उदयन के पास जाते हैं– हँसते हैं और रोते हैं और लिखते हैं और फूल चुनते हैं।

कभी वासवदत्ता उसके कक्ष के बाहर से उसे देखकर लौट जाती है। सुबह उठकर वह भी मित्रों के सङ्ग फूल चुनने जाती है। कभी वह ख़ुद भी नहीं जानती कि वासवदत्ता जीवित है।

* * *

सेन्न एक नदी है। उदयन हँसता है पीले पत्तों के सैलाब पर। यह उसके अदीबों की नगरी है। यह मेरी मार्ग्रीत के घरों में से एक घर है। वह अपनी मृत्यु में भी लिखती चली जाएगी, ऐसा उसने कहा था।

छह

मेरी आँखों में नीले की तीसरी रात में अब्बू मेरे बचपन की छत पर थे। मैं सीढ़ियाँ उतरकर गली में भागती थी। अब्बू मेरी ओर खञ्जर फेंकते थे। वह गली में गिरता था। मैं बचती हुई भागती थी। अब्बू एक और खञ्जर फेंकते थे।

सफ़ेद तकिये पर नीले के सुनहले बाल थे। अब्बू से बचते हुए वे मेरे नीचे खिंच गये थे नीले की तीसरी रात में। वह उठ बैठा था खञ्जरों की बारिश में।

फिर भूरे के पिता आये थे, नीले की कोई रात थी। नीला मुझे सुलाता था सफ़ेद पक्षियों की नींद में, सफ़ेद पक्षियों के तिनकों में। मैं नीले के घेरे में उड़ती थी, वह मुझे उड़ते हुए देखता था।

मेरी आँखें भूरे के पिता से फड़फड़ाती थीं। भूरे के पिता अपनी आँखों के शहद से मेरा पीछा करते थे। फिर भूरे के पिता ने मेरा स्कार्फ़ खींच लिया था। मेरा स्कार्फ़ नीला था और स्कार्फ़ के बच्चे की तरह था। महल के कक्ष की हवा में उठी हुई नीली हथेली रो लगातार मेरी ओर आता हुआ वह बड़ा नहीं होता था।

नीला उठकर बैठ गया था। वह कई बेगानी जगहों पर प्यासा और मारा घूम रहा था, कई बेगाने लोगों के भँवर में फँस गया था। भूरे के पिता उस समय कमरे में थे जब नीले ने उठकर सफ़ेद पर्दों को सिल दिया था सुनहरी पिनों से।

फिर भी वे सभी आये थे नीले को देखने। वे सभी आये थे नीले की सात रातों में। बाबू भी था उनमें, और फिर सफ़ेद रेशम का मेरा वो अफ़्सानानिगार जिसने कहा था कि वह मुझे अपनी बच्ची की तरह चाहता है।

बाबू बिलकुल मेरे पहले प्रेम की तरह ही

आया था नीले को देखने। वह उतरकर उस चारपायी की ओर आया था जो मेरी सभी चारपाइयों की तरह नीले के लिए छोटी थीं। मैं शीशम के नीचे थी और बाबू को मेरे नीले से मिलने नहीं देना था मुझे। याद था मुझे, वह मेरे भूरे से मिलने किस तरह आया था।

बाबू हँसता हुआ, बाबू की तरह ज़ोर से हँसता हुआ ही था। फिर मैंने उसे देखा और वह अपनी ख़ून की टाँग को थामे चारपायी की ओर आता था। बाबू की टाँग उसके घुटने से झूलती थी और उसने झुककर उसे थाम लिया था। नीला चारपायी के बाहर भी नीला था। हवा थी और नीले के सुनहले बाल थे और अब बाबू उन्हें देख रहा था। बाबू जहाँ हँसता था, उसके नीचे बाबू का ख़ून था धार की मिट्टी में।

माँ मरियम के सामने नीले के हाथ एक-दूसरे से अलग नहीं होते थे। मुझे नहीं मालूम उसे माँ मरियम से क्या काम था, क्या कहता था वह माँ

मरियम से। मैं सूने गिरजाघर में उसे और माँ मरियम की नीली करुण आँखों को देखती थी। फिर किसी झिर्री में से नीले की बाँह पर रोशनी का एक चकत्ता गिरता था। वह मुझे नीले से बहका कर सफ़ेद में ले जाता था।

सात

उस जहाज़ में एक सीट मेरी थी। मैं नहीं मानती थी उसे। उस सुबह की खिड़की में मैं उठ बैठी थी। नीला ट्रेन में था और उसने मुझे देखने नहीं दिया था ख़ुद को ट्रेन में बैठते हुए। मुझे कॉफ़ी के मग और मीठे से दिखने वाले एक बन के साथ बिठा दिया था स्टेशन के कैफ़े में। यह मार्ग्रीत का नाश्ता है, उसने कहा था। मुझे उसे देखने ट्रेन तक नहीं आना है। फिर उस एक मील गहरे ऐस्केलेटर ने नीले को डुबो दिया था मेरी अन्धी आँखों के पीछे।

मैं ऐस्केलेटर को देखने कैफ़े से बाहर आयी थी।

श्वेत परिधानों में तीन रक़्क़ासाएँ अपने लम्बे गवैयों को चूमती हुईं नीले के पीछे डूब रही

थीं। स्लेटी स्वेटर पहने एक लड़की का चेहरा आँसुओं में भीगा हुआ ज़र्द चेहरा था। वह चूमती रक़्क़ासाओं के पीछे थी। वे सभी डूब रहे थे नीले के रङ्ग में।

फिर बहुत-सी रक़्क़ासाएँ थीं नीले के देश की जो अपने गवैयों को चूमती हुई मुझे दिखती थीं। और मैं उन्हें देखती नहीं थी।

अब मैं नीले के नक्षत्र की सबसे हसीन औरत नहीं थी।

नीचे बॉल्टिक के मीठे नीले के सामने वह था और वह सबसे हसीन औरत फिर उसके साथ थी।

बॉल्टिक के मीठे नीले के सामने एक वाक्य थी वह, अपने एक वाक्य के साथ, वह नीला था, वह अन्धा था, वह रोता था...

* * *

लिखने की ख़्वाहिश के सिवा जिस्म इस कहानी में और कुछ भी नहीं है।

मार्ग्रीत के लिखे हुए जिस्म लिखने की ख़्वाहिश के सिवा कुछ भी नहीं है।

फिर वे लिखने लगते हैं और लिख नहीं पाते हैं।

फिर वे नीले को लिखते हैं और कभी-कभी लिख पाते हैं।

वे उदयन को कभी नहीं लिख पाते।

उदयन, उदयन के सिवा और कुछ भी ग्रहण नहीं करेगा। मेरे पास उदयन के फूल नहीं हैं।

उदयन के पास उदयन के हँसते हुए शव के लिए भी उदयन के फूल नहीं हैं। उदयन सिर्फ़ डूबने के लिए उन किताबों में आता है जो बनती नहीं हैं।

वह नहीं बन रही थी, वह किताब, मुझसे नहीं बनती थी वह किताब।

वासवदत्ता आती थी कुछ देर मेरे पास। फिर चली जाती थी। कभी उसे पता नहीं रहता था वह वासवदत्ता है। वह आती थी, प्रश्न पूछने आती थी वह।

वह नीले को लिखती है, सोचती है वह नीले को लिख लेगी, नीले के दुख में।

नीला कुछ भी ग्रहण करेगा उसके काँपते हाथ से, कुछ भी ले लेगा। वह नीला देखती है दरख़्तों के झुरमुट में, दुकानों के मर्तबानों में, लन्दन के बच्चों में, किताबों की राख में, वह नीला देखती है। उसके हाथ जलते हैं। नीली रोटी सेंकते हुए, नीली सड़क वह पार नहीं करती, वह पिटती है कार किस्म के आदमी के मोटे हाथ से। फिर कृष्ण उससे मिलने आये थे; वे उदास थे नीले को इस तरह उस पर आया हुआ देखकर, वे निराश थे। उसने कृष्ण को वह नीली लकीर दिखाने की कोशिश की थी। कारिन के अँधेरे में वह कृष्ण से शब्दों में बात नहीं करती थी। मेरे पास सिर्फ़ यह नीली लकीर है, उसने कृष्ण से कहा था।

यह मैं नहीं हूँ, मैं वह नहीं हूँ, आप जिससे मिलने आये हैं। वह सड़क पर कृष्ण की आँखों की धुँध में उनका हाथ अपने हाथ में लेती है। वह

उसकी पृथ्वी का एक हाथ है, उसके पाँव के नीचे जो पृथ्वी कभी थी, जहाँ अब नीले के सिवा और कुछ भी नहीं है।

नीले में कृष्ण का हाथ नीली लकीर के स्पर्श में अब भी कृष्ण का हाथ है। वह उसे छोड़ नहीं पाती।

नीला कुछ भी ग्रहण करेगा उसके लिखने की कँपकँपाहट से।

वह पूछती अगर, तुम अपनी आँखों को सियाह आँखें कहोगे, तो वह कहता, हाँ सियाह हैं मेरी आँखें।

उसने पूछा तुम उस नीले फ़ॉक्स को देखते हो, जिसे मैं देखती हूँ? लॉरेंस के लिखे में मैंने तुम्हें पहले भी नीले की तरह देखा है। उसने कहा मुझे नहीं मालूम मुझे कहाँ ले जाती हो तुम, लेकिन यहाँ अच्छा लगता है मुझे, आय लाइक इट हियर।

वह पूछती अगर कि तुमने नास्तास्या को

देखा है नीले से भूरे से नीले की ओर भाग जाते हुए, एक मृत्यु आकांक्षिणी की तरह, तो वह एकदम उदास हो जाता, वह कहता हाँ, वह जा सकती है, जब वह जाना चाहे, वह जा सकती है। फिर वह उठता और बर्फ़ के बरामदे को धुएँ में बदल देता। उसके जिस्म से आँसुओं की फिर वही महक उठती, जो उसकी ख़्वाहिश की महक है नीले की सात रातों में।

नीला इतना ही भोला है, वह कुछ भी मान लेगा उसके लिखे हुए सुदुख में। जैसे यह शब्द। जैसे सुदुख कुछ हो, जैसे वह आद्याक्षर हो, जैसे यह पृथ्वी उसी इब्तिदाई हर्फ़ की पैदाइश हो, और अब उसी में लौट रही हो।

कोवलम के समन्दर की धूप में नीला अपनी पीठ जलाता है। कोवलम के समन्दर की रात की रेत में उसका नाम लिखता है, जो वहाँ उस रात थी।

वह उसे रेत पर सुलाता है, उसके नाम पर

सुलाता है, स्पर्श करता है उसे।

कोवलम के सियाह समन्दर पर चाँदी का चाँद अब ताँबे का चाँद है।

कोवलम की झालर में अब ताँबे की बूँदें हैं।

उन बूँदों में भीगती है वह, स्पर्श करती है उसे।

और भूरा जो यहाँ इस श्वेत पर सैर करने आता है।

सुबह के तीन का समय है और भूरा जो इस श्वेत पर सैर करने आता है। भूरे लबादे में से टटोलकर धुआँ पैदा करता है।

मैं कहूँगी, समय हो गया है, हमें चलना चाहिए, नहीं?

वह बैठ जाएगा मेरे सामने और कहेगा उस रात कोवलम के सियाह समन्दर पर...

मैं कहूँगी, हाँ, उस रात कोवलम के सियाह समन्दर पर...

कि मैं उसी रात नीले की नींद से उठकर कोवलम के सियाह समन्दर पर चली आयी थी।

मेरा नाम वहाँ नहीं था।

वहाँ ताँबे की चन्द्रबूँदों को सूँघते हुए श्वान थे, जो रोते थे।

कोवलम का लाइटहाउस घूम रहा था किसी जलते हुए पागल की तरह।

तीन जलती हुई भुजाएँ घूमती थीं कोवलम के सियाह समन्दर पर।

मैं रेत पर उसी जगह घुटनों के बल बैठकर भूरे के लिए रोयी थी।

* * *

वे बस्तियाँ मेरे देश की कई दुख्तरों को रुलाती थीं भोपाल के नाम में। मैंने पूछा था, उनसे जो शवों के घर आती थीं अपने सजीले घरों से। कई दिन, कई माह, कई बरस वे कहीं-कहीं से आती थीं, अन्धे हो रहे बच्चों से खेलने।

गेरे कुछ काम थे वहाँ, बस कुछ ही काम थे

भोपाल में।

उन्होंने रोने के लिए मुझे बुलाया था वहाँ।

मैं रस्सी के एक छोर को थामती थी जिसमें वे बच्चे कूदते थे।

मैं दुख्तरों से पूछती थी वे क्यों आती हैं अन्धे हो रहे बच्चों से खेलने। मुझे याद नहीं क्या कहती थीं वे मुझसे। मुझे याद है जो मैं कहूँगी भोपाल में। मैं भूरे के लिए रोने आती हूँ।

मुझे याद है जो मैं कहूँगी भोपाल में। मैं नीले के ख़ौफ़ में आती हूँ, अन्धे हो रहे बच्चों से खेलने।

मैं रस्सी के एक छोर को थामती थी। वे अचानक दो दिसम्बर की रात को खेलने लगते थे।

फिर वे भागते थे खेल की रात के ज़हर में। मैं भी गिरती थी दो दिसम्बर की रात में।

वे कहते थे बहन यह आप नहीं हैं जो सड़कों पर खेल में गिरती हैं, वे हम थे। आप कुछ नहीं जानतीं। आप सिर्फ़ रोने के लिए यहाँ आती हैं।

तुम मेरे लिए सिर्फ़ रोओगी? भूरा कहता है।

वह कहती है मुझे मालूम है सिर्फ़ रोने से मैं और रोने लगती हूँ। रोने से मैं रोने की खोह में चली जाती हूँ। फिर मैं बाहर नहीं आती हूँ। न नीले के लिए, न भूरे के लिए, न उदयन के लिए, न कृष्ण के लिए। तुम देखते हो इस नीली लकीर को जो मैं नीले के देश से लायी हूँ। उस ओर इंगमार की झील है, मेपल के पीले में मेरी किताबों की सरसराहट है। इस ओर जो मैं तुम्हें दिखती हूँ, वह मैं नहीं हूँ। मैं, जिसने मैं को बनाया था, भोपाल के नाम में रोने के लिए। मैं, जिसने भूरे को बनाया था उदयन के लिए रोने को।

वह भूरे के लिए सिर्फ़ रोती है। वह कोवलम की रात की रेत पर नीले की चाहना करती है। रेत में नीले के लिखे अपने नाम पर सोती है; वह स्पर्श करता है उसे।

फिर उसी रेत पर नीले की नींद से उठकर वह भूरे के लिए रोती है।

भूरा कहता है जब वह रोती है, कहीं भी किसी भी रेत पर भूरे के लिए रोती है तो उसे घर जैसा लगता है।

वह कहती है वह भूरे के लिए रोती है तो पक्षियों और चींटियों के लिए उसका रोना भी साथ रोने लगता है। उस दीमक के लिए रोना जिसके लिए अब्बू लिखते थे। उस अब्बू के लिए रोना जो दीमक के लिए लिखते थे।

आठ

वह बार-बार जिस्म का नाम लेती है। वह उस जिस्म को अब्बू से लेकर भूरे तक लाती है। बीच में कई जगह रुकती है। रास्ता पूछती है किसी से तो किसी के कन्धे को छूकर रास्ता पूछती है। उन दानों को छूकर बगराती है, जो साँझ के मोरों के लिए होते हैं।

बीच में कई जगह रुकती है। वे रोक लेते हैं उसे। वे मनुष्य हैं और कभी-कभी उसे रोक लेने की ख़्वाहिश होती है उन्हें। फिर उन्हें मालूम नहीं रहता वह जिस्म है। वे ख़्वाहिश करते हैं जैसे वह जिस्म नहीं हो, जिस्म का कोई अंश हो, कोई सितारा जो रात से गिर गया हो। वे गिरे हुए सितारे की ख़्वाहिश करते हैं।

वह वासवदत्ता से रास्ता पूछती है और कोसाम्बी के राज्य में से एक भिक्षुणी की तरह गुज़र जाती है। उसने उदयन के बारे में सुना है। उसे कुछ याद है। वह अपने जिस्म को अपनी ही बाँहों में थामे कोसाम्बी से गुज़र जाती है।

वह गङ्गा के सात शिशुओं को गङ्गा में डुबोती है।

वह हँसती है जिस्म का सर पीछे फेंककर। लहरों के नीचे से, सींपियों की शय्या से हँसती है। ज़हर के सल से, विष के कण्ठ से।

वह मनुष्य की ख़्वाहिश से रूठ नहीं जाती है।

वह गिरे हुए सितारे की तरह काम आती है।

नौ

भूरा उसे चित्र में देखता है। चित्र में चाहता है उसे। एक दिन, जब वह भूरे के प्रान्त में है। और फिर वह वहाँ है। उसे कहीं नहीं जाना है। यहाँ उसे कई अध्यायों में भूरे से मिलना है।

वे चित्र में रहते हैं और फिर एक-साथ चित्र में उन दानों को छूते हैं, जो साँझ के पक्षियों के लिए होते हैं।

उनके चित्र में पक्षियों के बसेरे उड़कर आने लगते हैं। वे आने देते हैं उन्हें।

उनके चित्र की छत पर पड़े झाड़ू से वे तिनके खींचते हैं। वे खींचने देते हैं उन्हें।

भूरा उसे चित्र में देखता है।

वह खुद को चित्र में देखती है।

उसे कहीं नहीं जाना है।

उसके जिस्म में नीले का ख़ौफ़ यहाँ नहीं है।

उसके जिस्म में जिस्म का ख़ौफ़ यहाँ नहीं है।

फिर वह कहीं पीछे से उठकर चित्र में आता है। उन्हें पता नहीं चलता।

वह चित्र में से अपना जिस्म उठाती है और नहीं कहती कि उसे कहीं जाना है।

चित्र में भूरा उसे उठते हुए देखता है। अब वह उसके साथ नहीं है जिसे कहीं नहीं जाना था, कहीं नहीं जाना है। वह उठती है और फिर बैठ जाती है। कोई नहीं कह सकता वह वहाँ है या वहाँ नहीं है। वह चित्र से जिस्म को उठाती है। कोई है जो उसकी जगह चित्र से बाहर जाता है।

कोई है जो उसकी जगह चित्र से उठ नहीं पाता है।

सुबह उठती है तो वह छल है; भूरा कहता है, मुझसे छल किया है तुमने।

उसे नहीं लगता पर भूरे को लगता है तो उसे भी लगने लगता है दोपहर तक कि छल किया है उसने। फिर वह अपनी थाली के भात में रोने लगती है।

साँझ के लिखे में भूरा छल का शब्द लिख नहीं पाता है। उसका हाथ आसमान की तरह है।

साँझ का भूरा ख़ुद को सुबह के भूरे में बदलता है। सुबह का भूरा ख़ुद को साँझ के भूरे में।

और इस तरह इस चित्र की सतह काँपती है, चित्र का जल गहरा होता है। इस तरह भूरे की हड्डियाँ तिड़कती हैं।

इस तरह वह छल और निश्छल के बीच नीले को तरसती है।

इस तरह वह चित्र से अपना जिस्म उठाती है। उसे कहीं नहीं जाना है।

दस

नीले का लिखना वह उठा लायी है नीले के खेल से। नीला उसके तिकोन में है। कोवलम के सियाह समन्दर की रेत पर नीले की सात रातों में।

भूरा उसका सामान बाँधता है कोवलम के सियाह समन्दर की रेत पर नीले की सात रातों के लिए।

उसके तिकोन में रखी सभी चारपाइयाँ नीले के लिए छोटी हैं। नीले की गर्दन कहीं भी गिर सकती है उसके तिकोन में छत पर लगे पङ्खों से कटकर।

वह आता है तो वे सभी नीले की रात में नीले को देखने चले आते हैं।

मेरी माँ। उसके सगे, उसके शरीक, उसके पराये।

सफ़ेद रेशम का मेरा वो अफ़्सानानिगार।
मेरा पहला बाबू।
भूरे के पिता।
एक बार फिर खञ्जर चलाते मेरे अब्बू।

मेरी आँखों में नीला नीले की सात रातों में मेरी नानी के चौबारे में अपनी टाँगें दोहरी किये सोया है।

मुझे नहीं मालूम नानी के घर इतने बहनोई, इतने देवर, इतने पड़ोसी क्यों हैं, कैसे हैं।

वे चौबारे में झाँककर देखते हैं आसमानी कमीज़ में सोयी हुई नीले की देह को। उसके भीगे सुनहले बालों को। उसकी दोहरी टाँगों को।

मैं उन्हें मना करती हूँ, वे मना नहीं होते।

मुझे नहीं मालूम वे मुझे क्यों देते हैं चाँदी के सिक्के और छुआरे। क्यों चनों पर सफ़ेद चीनी की पर्त है, थाली में लाल धागे से क्यों हैं। मेरे कपड़े इस क़दर मैले हैं, मैं तिलिस्म से इस क़दर ख़ाली हूँ कि कहीं नीला उठकर मुझे देख तो नहीं लेगा।

नीले की आँखें सोयी हुई आँखों की तरह नहीं है। मेरे मामू गली के पगले की तरह गले से ख़ारिश की आवाज़ निकालते चौबारे के सामने खड़े हैं। मेरे मामू गली के पगले हैं। नीला उठ जाएगा इस आवाज़ से और मैं सहम जाती हूँ कि वह उठते ही गुस्लखाने के बारे में पूछेगा।

नीला हवेली के द्वार से आता है भीगे हुए वस्त्रों में। मैं पलंग से उठती हूँ। और अब पलटकर पलंग पर फिर मेरी माँ है। वह उन्हें रफू कर रही है जो नीचे के वस्त्र मैं फेंक चुकी हूँ, उनकी हुकें दुरुस्त कर रही है। मैं नीले से बचकर आँख दिखाती हूँ कि उठ यहाँ से, कि वह देख लेगा, मेरी माँ।

मैं नीले को अपनी चुन्नी से पोंछती हूँ। उसका लिबास अलग करती हूँ। फिर पलंग से पीले रंग का मेरा कुर्ता उठाकर उसे पहनाती हूँ। वह अपनी बाँहें उठाता है मेरी पीली बाँहों को पहनने।

ग्यारह

कोवलम के सियाह समन्दर की रेत पर नीले की सात रातों में भूरा कब्र में जाकर बैठ गया है। उसका दिल फूल गया है अँधेरे में।

नीला कहता है मुझे जाना चाहिए।

नीले की चार रातें और हैं, मैं उठ नहीं पाती हूँ, वह धुआँ पैदा करता है, उसका स्पर्श टूट गया है।

वारङ्गल के किसान फ़ना हो रहे हैं, हलाक़ कर रहे हैं ख़ुद को। वे उस रुई के किसान नहीं हैं जो पूजा के दियों में बाती की रुई है। वे कीड़ों की रुई के किसान हैं। कीड़ों का ज़हर पीकर फ़ना हो रहे हैं वारंगल के किसान। हम कोवलम की धूप में नींबू की चाय पीते हैं। कोवलम की दोशीज़ाएँ

नशीली आँखें उठाती हैं रङ्गीले स्कार्फ़ बेचती हुईं। और उसी तरह कोवलम के सियाह समन्दर पर कोवलम का लाइटहाउस किसी जलते हुए पागल की तरह घूमता है।

नीला घुल रहा है मेरे तिकोन में। उसके देश की कई हज़ार रूहें कोवलम की धूप में ताँबे का जिस्म लेने आयी हैं। नीला कुछ देर, सिर्फ़ कुछ देर, समन्दर की धूप में अपनी पीठ जलाता है...

नृत्य ख़त्म होते ही वह साँवली लड़की उसके पीछे चली आयी थी।

वे पूरी रात एक-दूसरे की बाँहों में सोये रहे थे।

नीले की बाँहों में वह साँवली नृत्याङ्गना नृत्य के बाद की नींद लेने आयी थी।

नीले का ख़ौफ़ बन चुका था और मैं अभी चित्र से अपना जिस्म उठा नहीं लायी थी।

फिर जिस्म था जिसे मैं चित्र से उठा नहीं

लायी थी। वह ख़्वाहिश का जिस्म नहीं था, जो मेरे साथ आया था नीले की सात रातों में। मेरी आँखें, उन आँखों के नीचे, मेरे जिस्म की आँखें नहीं थीं।

वह मेरे हाथ की अँगूठी को ग़ौर से देखता था। मैं उसे याद दिलाने की कोशिश करती थी।

फिर वे सब चली जाती थीं, वे मुसाफ़िर नृत्याङ्गनाएँ, और वह राह देखता था जैसे वह जगह किसी और के लिए उसके पास सरक आयी हो। वह बॉल्टिक के मीठे नीले के सामने उसके साथ था उसकी राह देखता हुआ। फिर वह सियाह समन्दर के सामने उसके साथ था उसे देखता हुआ।

वह उनकी अँगूठियों को ग़ौर से देखता था। जो चली जाती थीं। वे मुसाफ़िर नृत्याङ्गनाएँ।

उसके पिता का चेहरा एक शिशु में बदल गया था शान्त होने से पहले।

पेरियर के वन में, जुगनुओं को देखते हुए,

नीला उन्हें याद करता था। वे होश में नहीं थे। उस पारभासी देह में एक उम्र से चलकर दूसरी उम्र तक जाते हुए वह देख रहा था उन्हें।

फिर उसे लगा था सिंहों की आँखें हैं वे जुगनू। वे इतने सारे जुगनू।

बारह

उसके आँसू अकेले में नहीं गिरते। भूरा उदयन के आँसुओं की टेक लेकर रोता है। मिट्टी में पहले ही से गिरे हुए आँसू होते हैं। भूरा अकेले में रोने से डरता है।

फिर भी उसके आँसू वहाँ नहीं गिरते जहाँ उदयन के आँसुओं के चिह्न हैं।

हम ख़ला में भी रोने की कोशिश करते हैं। ख़ला में भी कुछ आँसुओं के चिह्न हैं। गिरते हुए सितारों के आँसुओं के चिह्न। उन फ़रिश्तों के, जो पैग़ाम ले जाते हुए अपना रोना रोते हैं ईश्वर से

छिपकर। सितारों के बीच उन अँधेरों के आँसू जो सितारों के साथ गिर नहीं जाते हैं। उन आईनों के आँसू जो ख़ालिस हैं, बिना किसी अक्स के, जिनकी शृंगार करती प्रियाएँ आईनों में डूब गयी हैं। उस कोशिश के आँसू, जो हम करते हैं इस कहानी में और कर नहीं पाते हैं।

इस कहानी में जिसे छोड़कर कोई दूसरी जगह जाने की कोशिश करता है, वह हमेशा भूरा ही होता है। इस कहानी में इस तरह कई पात्र भूरे में बदलते हैं। आँखें हमेशा छोटी पड़ती हैं भूरे को देखने के लिए। दिल हमेशा उफ़नता है उसे समोने की कोशिश में। उन्हें कोई रङ्ग नहीं सकता इतनी गहरी होती हैं भूरी आँखें जो डूब गयी आँखों की तरह इस दुनिया में रहती हैं। भूरा फूटे हुए बच्चे की तरह गोदुए से गिरता है। चींटियाँ हमेशा उसी की ओर आती हैं। भूरा भूरे वाक्य बुनता है, जिन्हें दीमक सुनती है। भूरा हँसता है, ज़ोर से हँसता है, तो भी उसकी हँसी सुनायी नहीं देती। वह रोता है

तो उदयन उसे सुनता है, या उदयन उसे सुन सकता है। उदयन उसे फलों की कहानी सुनाता है नीले की सात रातों में। कोई एक फल ही अञ्जुली में गिरता है। वृक्षों के नीचे एक दलदल है। अञ्जुली में आये हुए फल को थाम लेना होता है। बाक़ी दलदल के फल हैं।

ख़ला में नीले के आँसुओं के भी चिह्न हैं। उस जगह के आँसुओं के चिह्न जहाँ सियाह समन्दर के किनारे वह नीले के साथ है। वह अपने वहाँ आने से पहले नीले के बायीं ओर रेत में अपने पैरों के निशान बनाती है। उसे नहीं मालूम चित्र से उठकर वह कब वहाँ जाएगी जहाँ नीला उसे स्पर्श करता है, उसके आने के बाद भी उसकी राह देखता है। वह चित्र से अपना जिस्म उठाती है और उठा नहीं पाती है। वह उस जगह भी भूरे के लिए रोती है जहाँ उसे जाना है, जहाँ वह है, और अभी तक पहुँच नहीं पायी है। उसे नहीं मालूम वह कब किससे मुख़ातिब है, वह किस कमरे में है, कहाँ है। नहीं मालूम भूरे की माँ, भूरे के पिता भूरे की आँखों में आकर उसे वहाँ क्यों ले जाना चाहते हैं जहाँ वे चले गये हैं। भूरा ख़ौफ़ खाकर उसके

बिस्तर तक आता है। वह आँखें खोलती है नीले के लिए जहाँ भूरा अपने पुरखों से डरकर उसके साथ सटकर सोने की कोशिश करता है। वह भूरे को समेटकर आँखें मीचती है, जो भूरे के लिए नम हैं नीले को तरसती हुईं। नीले के सुनहले बाल ख़ला में चमकते हैं कमरे के अँधेरे में।

वे हमें इन दिनों हमेशा अपने पास बुलाते हैं। अब्बू मेरे बचपन की छत से मुझ पर खञ्जर चलाते हैं। वे इस ख़ौफ़ से हमें दूर ले जाना चाहते हैं। वे अपना ख़ौफ़ कम करने के लिए हमें साथ ले जाना चाहते हैं। वे अपना ख़ौफ़ दिखाकर हमें ले जाना चाहते हैं।

मैं सियाह समन्दर पर हूँ, उसी जगह जहाँ मेरे पैरों के निशान हैं। हवा चल रही है। नीला

नहीं है। उसके पैरों के निशान पानी में घुल गये हैं। मैं ख़ुद को स्पर्श करती हूँ। हवा और तेज़ चलती है। कई सफ़ेद चादरें ऊँची लहरों की जगह उठकर मेरी ओर आती हैं। नीला उनके पीछे होगा, मैं सोचती हूँ। चादरें मेरी ओर आती हैं। मैं पीछे हटती हूँ, जहाँ मेरे पैरों के निशान थे, मेरे पैर अब वहाँ नहीं हैं। हवा बहुत तेज़ है।

सियाह समन्दर अपनी चादरें ओढ़ाने मुझे ज़ोर से आवाज़ देता है।

मैं समन्दर की ओर और समन्दर से परे एक-साथ भागने की कोशिश करती हूँ।

तेरह

नीले के लिखने के शहर में यह नीले की दूसरी रात है। उसे नीले की दूसरी रात को बीच से तोड़कर कहीं जाना है। हम सड़क पार करने की कोशिश करते हैं सराय के द्वार से। सड़क के पार वैनर्न झील के तट पर एक वेट्रैस का बुत है। रात के इस पहर में वेट्रैस हरे रङ्ग की है। उसकी उम्र इस हरे में उन्नीस की है। वैनर्न झील में चन्द्रमा का अक़्स लहरों में काँपता है इस बुत पर।

नीला और मैं नीले की दूसरी रात शुरू होने से पहले उससे मिले थे जिसने अपने शोक को हरे में वहाँ रख दिया था, वैनर्न के तट पर।

मुझे बनना ही होता है दुनिया की सबसे ख़ूबसूरत औरत, सबसे हसीन रक़्क़ासा, सबसे दिलकश मुसाफ़िर। लकड़ी की सराय में नीले की पहली रात में नीले के कहने पर मुझे बनना ही होता है। वह सौन्दर्य जो उसके हिस्से का है, जिसे वह मुसाफ़िर रक़्क़ासाओं को देने के लिए नीले के रूप में यहाँ है, इस समय, इस सराय में, इंगमार की निस्पन्द झीलों के अँधेरे देश में। अँधेरे की रोशनी में यह सौन्दर्य मेरे लिए है, जिसे मुझे ग्रहण करना है। यह अचानक मेरे लिए बहुत ज़्यादा है, मेरी थकान से बड़ा कोई श्रम। मैं कोशिश करती हूँ, इस कहानी में, और यह मेरे कहे में नहीं है। नीले के कदमों की आहट लकड़ी की सीढ़ियों में मेरी ओर आती है। मैं लिख नहीं सकती इसे।

भूरा नहीं कहेगा, कुछ भी नहीं, जिसे मुझे ग्रहण करना है।

मेरे मुसाफ़िर स्कार्फ़ भूरे के लिए नहीं हैं।

उन स्कार्फ़ों के नशीले रङ्ग मेरी आँखों को रङ्गने के लिए नहीं हैं जब मैं भूरे की आँखों में हूँ।

मैं उसे अपने नीले दाँतों का दर्द दिखाती हूँ, जिनसे रोज़ सुबह कुछ रक्तिम बूँदें बरसती हैं। अपनी बाँह पर, ओंठ पर, मधुमक्खी का डङ्क दिखाती हूँ। वह अपने पाँव के सख़्त नाखून से मेरे पाँव खुजलाता है जहाँ गर्म चींटियाँ काटकर अपने घर चली गयी हैं।

मेरे दाँत गिरने को हैं? मैं पूछती हूँ उससे। वह कहता है ऐसा हो सकता है।

नीला इंगमार की झील के किनारे वह सूना घर मुझे दिखाता है, जिसके ठीक सामने एक एकान्त कक्ष है।

वह मेरे लिए उस सूनी रसोई में दरी बिछाता है, कुछ प्यालियों की जगह कुछ और प्यालियाँ सजाता है, कुछ किताबों की जगह कुछ और किताबें।

वह चित्र भेजता है मुझे, जिनमें कोवलम के समन्दर की धूप में मैं दुनिया की सबसे दिलकश मुसाफ़िर हूँ, सबसे हसीन रक़्क़ासा।

मेरे गले में, मेरे कन्धों पर, मेरी बाँहों पर,

मेरे बालों में रङ्गीले स्कार्फ़ हैं। मेरी आँखों में नीले का अक्स है जो पसीने से भीगा मुझे चित्र में खींचता है।

वहाँ कोई है जो हर सुबह सराय में प्रवेश करने से पहले उस हरे बुत को देखता है वैनर्न के तट पर।

बीस शवयात्री कवियों की दावत की मेज़ को देखते हुए वह आँख उठाकर बाहर देखता है वैनर्न के तट को।

हर रात सराय से घर जाते समय वह उत्तरी अँधेरे की रोशनी में उसे देखता है।

नीले की दूसरी रात में नीले को कहीं जाना था। वह कहानी उसे कहीं भूल रही थी। उस लड़की की मृत्यु कैसे हुई थी।

उस लड़की के बाल पत्थर के बुत में भीगे हुए थे।

* * *

तेजी ग्रोवर : परिचय

कवि-कथाकार, चित्रकार, अनुवादक। पिछले दस वर्ष से लेखन के अलावा चित्रकला में भी सक्रिय। अब तक देश-विदेश में सात एकल और तीन समूह प्रदर्शनियाँ (दिल्ली, जयपुर, बेंगलुरू, गोआ, विस्बी (स्वीडन), उल्विक और ट्रॉन्डाइम (नॉर्वे)। इन दिनों भोपाल में आवास। पता : ई-4/361, अरेरा कॉलोनी, भोपाल-462016। ईमेल : tejigrover@yahoo.co.in

प्रकाशित पुस्तकें:

जैसे परम्परा सजाते हुए (तीन कवियों का सहयोगी संकलन), पराग प्रकाशन, 1981; **यहाँ कुछ अँधेरी और तीखी है नदी** (कविता संग्रह), भारती भाषा प्रकाशन, 1983; **लो कहा साँबरी** (कविता संग्रह), नेशनल पब्लिशिंग हाऊस, 1994; दूसरा संस्करण, वाणी प्रकाशन, 2016; **अन्त की कुछ और कविताएँ** (कविता संग्रह), वाणी प्रकाशन, 2000; **नीला** (उपन्यास), वाणी प्रकाशन, 1999, दूसरा संस्करण 2016; **मैत्री** (कविता संग्रह), सूर्य प्रकाशन मन्दिर, बीकानेर, 2008; **सपने में प्रेम की सात कहानियाँ**, वाणी प्रकाशन, 2009; **तेजी और रुस्तम की कविताएँ**, हार्परकॉलिंस इंडिया, 2009; **नीला घर और दूसरी यात्राएँ** (निबन्ध संग्रह), वाणी प्रकाशन, 2016

अनुवाद:

फीका गुलाबी रङ्ग (स्वीडी कवि आन येदरलुण्ड की कविताएँ), सूर्य प्रकाशन मन्दिर, बीकानेर, 2008, सहित पुस्तकाकार बारह अनुवाद प्रकाशित। शेष सूची के लिए देखें पृष्ठ 92

1989 में **भारतभूषण अग्रवाल स्मृति पुरस्कार**; 2003 में **रज़ा फ़ाउण्डेशन पुरस्कार**; 1995-1997 के दौरान **प्रेमचन्द सृजनपीठ, उज्जैन**, **की अध्यक्षता**; और **वरिष्ठ कलाकारों हेतु नेशनल कल्चरल फ़ेलोशिप**।

तेजी ग्रोवर की कविताएँ अंग्रेज़ी, स्वीडी, नॉर्वीजी, पोलिश, इस्तोनिआई, कैटलन, मराठी, पंजाबी, असमी, बांग्ला और तेलुगु में अनूदित हुई हैं, और कई संकलनों में शामिल हैं।

उनका उपन्यास **नीला** अंग्रेज़ी और पोलिश में अनूदित है।

वाणी प्रकाशन से प्रकाशित
तेजी ग्रोवर द्वारा विश्व साहित्य के अनुवाद

नोबेल पुरस्कार विजेता नॉर्वीजी लेखक **क्नुत हाम्सुन** के उपन्यास **भूख**, 2004, और **पान**, 2003, और उनके संस्मरण **घास ढँकी पगडण्डियाँ**, 2014

बर्फ़ की ख़ूशबू (स्वीडी कविता का संकलन), 2001

टूवे ओल्गा ऑरोरा (स्वीडी कवि **लार्श लुण्डक्विस्ट** की कविताएँ), 2006

हिन्दी कवि रुस्तम के साथ **हेनरिक इब्सन** के नाटक **हेड्डा गेब्लर** और **मास्टर बिल्डर**, 2007

दस समकालीन नॉर्वीजी कहानियाँ, 2008

फ़्राँसीसी लेखक **मार्ग्रीत ड्यूरास** का उपन्यास **मृत्युरोग**, 2010

नॉर्वीजी उपन्यासकार **थारयै वेसोस** का उपन्यास **परिन्दे**, 2012

लात्वी उपन्यासकार एवं कहानीकार **नोरा इक्स्टिएना** की कहानियाँ **जीवन-गाथाएँ**, 2016

नॉर्वीजी उपन्यासकार **यून फ़ुस्से** का उपन्यास **आग के पास आलिस है यह**, 2016